AF578334

TU ULTIMÁTUM

Efraín Severo Pérez

EDIQUID

TU ULTIMÁTUM

Editado por: Corporación Ígneo, S.A.C.
para su sello editorial Ediquid
José Olaya 169, ofic. 504, Miraflores. Lima, Perú
Primera edición, abril, 2024

ISBN: 978-612-5142-31-3
Impresión bajo demanda

Hecho el Depósito Legal en la Biblioteca Nacional del Perú N° 2024-01053
Se terminó de imprimir en abril de 2024 en:
ALEPH IMPRESIONES SRL
Jr. Risso Nro. 580 Lince, Lima

www.grupoigneo.com
Correo electrónico: contacto@grupoigneo.com
Facebook: Grupo Ígneo | X: @editorialigneo | Instagram: @grupoigneo

Colección: Nuevas Voces

A la hora de las ánimas, en la sórdida oscuridad,
se encuentra buscando una respuesta que nadie supo encontrar.
En medio del vacío, el miedo se arrastra por su espina dorsal.

En la mañana del martes 13 de agosto de 1969, su cabeza rodó por las escaleras del colegio. Sus compañeros, a carcajadas rimbombantes, hacían eco en cada rincón del establecimiento. Iván C., perplejo ante esta situación, no podía creer lo que sus ojos veían. Para alguien que había tratado toda su vida pasar desapercibido, ver cómo una piñata con su cara impresa rodaba por el lugar que había construido los peores años de su vida era indicio de que todo estaba por empeorar.

En las puertas del infierno se encontraba un chico alto de pelo lacio color castaño. Era tanta su delgadez que se podía traslucir su corazón latiendo al ritmo del canto de los demonios que saboreaban su piel como si de un elixir se tratase. Cada paso que daba era uno más hacia una nueva etapa de su alma, una que estaba dispuesto a atravesar, mientras su cuerpo se consumía por el calor de las llamas que llagas dejaban en su piel, su verdadera esencia se dejaba ver. Frente a él se encontraba el averno, dispuesto a escuchar sus más profundos miedos, aquellos que su alma había optado por vivenciar en el mundo terrenal.

Y en aquel cuerpo inerte producto de la muerte que las almas con forma corpórea provocaron, se encuentra la incertidumbre de cuál era el futuro de alguien que en este mundo no lograba conectar con los propósitos que venía a cumplir. Mientras tanto, solo somos esencia en esta masa que intenta tener un propósito de vida para que su existencia tenga sentido a lo largo del camino, buscando cumplir objetivos idealizados por las masas, que, además de aplaudir lo banal de la vida, limita a aquellos que no entran dentro de sus estándares mundanos, buscando pertenecer a un sistema que cala en lo

EXIT

más profundo del ser y arranca de cuajo hasta la última gota de esperanza. Buscar un motivo de vida fue lo primero que le inculcaron a Iván cuando nació. ¿Cómo es posible que alguien pueda cuestionar que está bien o está mal si todo ya está preestablecido desde que nacemos?

Deseaba que llegara la noche para visitar el averno y sentir la libertad, la verdad de su existencia. Una imagen que, vista desde afuera, solo podía implicar la presencia de dolor, pues quien más que alguien hundido en la miseria querría experimentar el dolor de las brasas del infierno quemando su piel. Y es que aquello que el sistema le decía que estaba mal, era donde él encontraba respuesta.

Como si de un baño de inmersión se tratase, cada noche se sumergía en las llamas vividas de sus miedos hasta que solo quedaban cenizas de dolor. Cómo si no, ¿de qué otra manera podría sobrevivir al infierno mayor que le producía atravesar las puertas de esa cárcel que se hacía llamar colegio? Institución que se dedicaba a replicar un sistema en el cual solo podían sobrevivir los elegidos, quienes replicaran la ley del más fuerte.

Como un halcón deseaba ser, de tan solo imaginar el placer que le produciría pensar en sus compañeros de clase como presas a las que con sus garras podía arrancar sus ojos para después contemplarlos como un niño que observa el mar por primera vez. A la noche, el descenso a su infierno se tornaba más oscuro. No soportaba la idea de que todo eso ocurriese nada más en sus deseos. Mientras tanto, trataba de consolarse en la idea de no hacer mal a otros, pero lo atormentaba saber que eso no era lo que saciaba su felicidad; sabía que ocultar su oscuridad no era más que una parte del circo que debía montar cada vez que interactuaba con el mundo. ¿Quién más que él podría comprender que liberar sus demonios internos era el mayor acto de amor que se debía a sí mismo?

A veces fantaseaba con que alguna noche no podría volver al plano terrenal, dejando que la culpa se apoderara de aquellos que le hacían su vida menos feliz. Claramente su existencia era un obstáculo para alcanzar el placer de la vida. Encontrar la felicidad dentro de la infelicidad de otros no era algo que le incomodara a alguien que había sido el descarte de una parte de la sociedad.

Dentro de las cuatro paredes de un cuarto intentaba descifrar su rol en un mundo que le ordenaba que diera respuestas. Se preguntaba por qué no éramos tan solo cuerpos que viven experiencias sin algún propósito, por qué debíamos tener una función preestablecida, ya que si nos salimos de la norma, parecería ser que nos excluye; mientras, se da un mensaje de aliento: «podemos ser lo que queramos»... Siempre y cuando seas vendido a los poderosos y se promuevan sus ideologías.

Una maquinaria de la cual Iván comprendía de su presencia, pero sabía que, para no pertenecer a ella, su propia existencia no debía ser parte del juego, ¿o acaso los *bullies* de su colegio no eran parte de una estructura que los ponía en ese rol, del cual con seguridad no querían salir por miedo a no encontrar otro propósito de existencia? Incluso los maestros que en apariencia promovían que sus estudiantes fuesen libres y autónomos, diciendo que de los errores se aprende, no aplicaban sus lecciones en sus prácticas; no podían errar, porque ello implicaría una sanción superior.

Mientras más observaba su entorno, la ilusión se volvía más obvia: aquello que lo rodeaba no se trataba más que de una rueda en la cual cada uno de los que forman parte debía correr con un rol asignado.

Llovía, y mientras imaginaba que cada gota de su ventana competía en una carrera, apostaba por aquella que por último se comenzaba a deslizar por el borde del cristal. Esta representaba toda su vida. Depositar sus esperanzas en que la última gota quedaría primera no hacía sino que pensase en la posibilidad de que eso mismo ocurriese con él. Incluso sabiendo que era uno más que formaba parte de las exigencias de su entorno, estaba dispuesto a elegir ese camino. El mundo le decía a través de anuncios publicitarios que alcanzar las metas nos hace felices, y no estaba dispuesto a perder la oportunidad.

La muerte de la mujer que lo había engendrado no hizo más que poner frente a su pálida y huesuda cara la finitud del ser. La misma que eligió un camino que se conectó con el suyo en algún momento había escogido dejarlo solo. Tomando conciencia de su existencia, descubrió que ya no había miedos que lo atormentaran; aquel que había enterrado para que no saliera a la luz hoy se estampaba contra su vida, recordándole que ya no se encontraba a su lado aquella con quien había realizado un contrato álmico.

A su alrededor, las velas parecían adentrarse en el interior de sus ojos oscuros, que se encontraban vacíos y carentes de emoción. En su desesperación buscaba conectarse con la única mujer que lo podía entender. ¡Qué sería de Iván sin el ritual que le otorgaba un mínimo deseo expectante de respuesta, de compañía!

Dicen que un alma sabe cuándo se debe marchar. Se rumorean historias de quienes dicen haber escuchado a un ser amado despedirse minutos antes de abandonar lo que conocemos como vida. Era algo que él creía firmemente, pues lo había vivenciado con su madre, quien se había despedido un día antes de su muerte; seguro lo presintió, algo se removió dentro de sí. Lo deseaba, anhelaba que eso le ocurriese para poder ponerle fin a todo lo que atormentaba su mente. Sus dudas desaparecerían y con ello el odio que intentaba ocultar también.

Habían pasado doce años desde el día en que la directora escolar le había dicho que si no aprendía a sumar y restar sería un fracasado, como si de una profecía que auguraba su destino se tratase. Poco parecía importar el talento artístico que en aquel momento un alegre infante intentaba demostrar, pues parece ser que la obra de un niño debe ser infravalorada o tomada con ternura por su lugar de origen. Ese fue el primer momento en el que el mundo le hizo saber a Iván cómo debía girar la rueda.

Todas las noches, a la misma hora y en el mismo lugar, se encontraban para debatir su futuro. Iván sabía que esa rutina era tan desgastante como adictiva. No había llegado a su lugar de encuentro cuando ya estaba pensando lo que le diría en un próximo día. Sus miles de pensamientos no le daban tiempo de conectar con lo que tanto deseaba, abrir su corazón y conectar con sus mayores deseos; comprender lo que de verdad quería para su vida parecía tan fácil en su mente pero tan difícil de plasmar en palabras. Cada noche, en la oscuridad de su cuarto, lo excitaba pensar en todo lo que le diría.

No podía soportar la idea de aceptar su soledad. En aquel espejo de mano se encontraba su único compañero. Los temblores que le provocaba sentirse solo en esas cuatro paredes se iban cada noche cuando con su único amigo se encontraba. A las 23:00, en su cuarto, miraba su reflejo y debatía su futuro. Eran solo dos. No solo sentía fervor hacia quien lo escuchaba sin cuestionar sus locos y descabellados anhelos, sino que le provocaba pavor pensar que algún día, en aquel cuarto, se encontraría ante la inminente melancolía, aceptando que era su propia compañía.

Esa noche tomó una fracción de sí, aquella que observaba en el espejo astillado, y logró llevar a cabo lo que tanto anhelaba: abrir su corazón.

Lo había logrado, ya nada lo atormentaba. En su cuarto, sobre un tapiz de color bordó, se encontraba su cuerpo, un corazón y fracciones de sí. Lo había logrado, ya no eran tan solo dos.

Las velas estaban por consumirse, y la ausencia de amor formaba parte de la atmósfera en un salón de cuatro paredes. En el centro, sobre una alfombra, yacía su cuerpo cubierto por la cera de las velas, que, consumidas por el fuego tenue, dejaban ver la mecha sobre la piel.

Un martes 13 de 1969, a las 23:23, en un apartamento se encontraba un cuerpo sin vida, lleno de llagas, y a su lado una libreta escrita llena de deseos que se lograron cumplir.

El sentimiento de culpa era real , tanto que esa misma noche se encontraban quienes tanto deseaba que asistieran a su velorio, absortos por aquella situación. Sentían que eran asesinos indirectos de aquella persona a la que todas las mañanas hostigaban y hacían burlas.

En una esquina, una señora con una maleta, aparentemente nueva en el barrio y desconocida para quienes concurrieron al lugar, no paraba de repiquetear una y otra vez con su pie izquierdo, que parecía no controlar. Se sentía inquieta, culpable tal vez. La misma que, en un pasado, había sido parte de las inseguridades de un niño que solo quería demostrar su arte, ahora necesitaba remediar su culpabilidad.

Tras abrir su maleta, dejó ver un par de bosquejos realizados por quien hoy se encontraba a algunos metros, sin vida. El dolor de esa mujer parecía desgarrar su garganta; no podía soportar la responsabilidad de sus palabras en el pasado, las mismas que todavía la atormentaban. A su alrededor, atónitos, nadie emitía palabra alguna. Compartían un mismo sentir, pero no eran capaces de hacerse cargo de las repercusiones. Nadie se cuestionaba lo que sucedía, nadie cuestionaba por qué no había familiares presentes pero sí todos y cada uno de quienes lo martirizaron.

Cegados por sus propias acciones, incapaces de ver su alrededor, se encontraban en un lugar sin salida y con una llave de gas abierta; su propio egoísmo los mato.

Un martes 13 de 1969, a las 20:00, dos horas antes, en un apartamento se encontraba un cuerpo con vida, sin llagas, escribiendo en una libreta todos sus deseos. ¿Quién iba a leer los anhelos de alguien que se encontraba fuera de los deseos de la rueda social, incluso si en este cuaderno se encontrara el paso a paso para hacerlos parte de su infierno personal?

Para su suerte, en otra sala fúnebre se encontraba quien creía estar llorando a Iván. Mientras levantaba los bosquejos caídos, la viuda del señor Benavidez se acercó para pedirle que se retirara, pues pensaba que se trataba de una de las tantas amantes de su difunto marido.

Entre el odio y el amor, pensando que en cualquier instante alguno de estos sentimientos reposaría, predominando sobre el otro, se encontraba Gloria Benavidez aquella madrugada. Sobre un ataúd con las iniciales «C. B.», el eco de gritos desgarradores no cesaban, retumbaba una y otra vez en la cabeza de quienes a su alrededor se encontraban. Esos alaridos atravesaban lo más profundo del corazón, como si de una daga se tratase, y para otros tan solo formaban parte de la clásica melodía que suele encontrarse en lugares como un velorio.

En lo insondable de la mente de Gloria se encontraban, en el inframundo de los más despreciables sentimientos que una persona pudiera desear a otra, el desprecio disfrazado de tristeza. Emociones que no estaban dirigidas a la amante de su difunto esposo; mientras más corría el tiempo, su alma se desvanecía de dolor al pensar que su mundo ya no se encontraba allí.

Por otro lado, a Gloria le dolía más perder a una amiga que a un hombre, pero si había algo que destrozaba su espíritu aún más que perder a dos seres amados era el no poder tolerar verse humillada por quien creía que le era fiel, ni más ni menos que Cristina Murillo, su amiga de la infancia, a quien le había confesado lo mucho que detestaba irse a dormir todas las noches al lado de aquel hombre con el que estaba casada porque así lo había dispuesto su madre. Lo odiaba. Contaba los días para que el té con acónito que le preparaba todas las noches antes de ir a dormir diera los resultados que tanto anhelaba.

La muerte de Carlos Benavidez no era algo que la tomara por sorpresa. Estaba preparada cada noche para llevar a cabo la actuación más convincente que alguien pudiese imaginar. No pretendía ganar un Oscar o un Emmy. Quería ganar su libertad. Y si de ello dependía matar a quien la encarcelaba lo haría.

No podía soportar cómo esa mujer, a quien le había mostrado su lado más vulnerable, la hubiese traicionado de esa manera. La amiga a quien le había confesado el temor que sentía cada noche pensando en que ese hombre por completo desconocido insinuaría que no dormirían se encontraba en esa sala, lamentando su pérdida.

Esa madrugada, mientras las policía forense irrumpía en una despedida que no parecía ser más que una puesta en escena para despedir a quien no tenía más que una persona querida, Gloria entendió que sentía más amor que odio hacia una mujer que no le correspondía. En ese mismo momento se dio cuenta de que algo estaba mal ¿Por qué se llevarían el cuerpo? Aunque esa era la menor de sus preocupaciones, ya que en ese preciso instante sintió que había cometido un error que no podría remediar, el mismo que le costaría no solo la vida del, como se hacía llamar, señor Benavidez; aquel era un precio que estaba dispuesta a pagar si se daba el caso. Por el contrario, para lo que no se encontraba preparada era para ver morir el futuro que siempre imaginó con la persona que en secreto tanto supo amar. Lejos del ataúd con iniciales «C. B.», mientras la forense se llevaba un cuerpo sin vida, se podía dejar ver en el retrovisor el de una viuda cayendo sobre su propio dolor, impactada por un infarto.

La muerte de Gloria parecía ser una más de aquella noche, menos para ella. Una niña de ojos negros, ahora sin madre, se encontraba sola y salía de una sala velatoria buscando una respuesta ante lo inexplicable de la vida, porque quien le prometía tanto amor ya no estaba ni tenía explicaciones que dar.

Un martes 13 de 1999, a sus 46 años, una mujer de ojos negros, en la puerta de una sala fúnebre recordaba el día en que había perdido a los seres que le dieron la vida. Cada agosto, quien parecía ser feliz junto a su esposo y pequeño hijo se acercaba a recordar aquel traumático acontecimiento. El miedo se apoderaba de su cuerpo y temía que aquello se repitiera en su vida. Procuraba aferrarse al hijo que tanto amaba y que se había prometido a sí misma nunca abandonar.

Un martes 13 del año 2000 yace sobre las cenizas de su hijo la mujer de ojos negros cuyo nombre prefiere ocultar. Tras una mirada profunda se escondían los secretos más sórdidos de una madre que, desgarrada de dolor, no podía olvidar el día en que a su verdadero amor tuvo que asesinar. «¡Sálvame, madre!», se escuchaba decir a esa alma con miedo a reencarnar. Hoy se encuentran madre e hijo, con toda la familia, descansando en un mismo lugar.

¿Dónde se encuentra la mujer que con una maleta sus penas buscaba expiar? En el averno, trazando sobre papel el camino que las almas que llegan deben tomar.

Sentado sobre una silla reclinable se encuentra quien ya no contemplaría los ojos negros de quien le arrebató sin previo aviso a su hijo. Con un aspecto desaliñado, un traje desteñido y zapatos sin lustrar se encontraba el señor Bermúdez, quien llegaba a Uruguay un año después de perder todo, intentando volver a empezar.

No pretendía que quienes lo rodeaban sintieran lástima del anciano que había perdido de forma trágica a sus seres amados.

Había pasado una década, y a sus 64 años el alcohol consumía el interior de quien sentía que no tenía motivos para seguir viviendo; sin embargo no era capaz de llevar a cabo lo que tanto le recriminaba a lo largo de los años a quien lo había dejado solo. La rutina de las adicciones lo abrazaba. Junto a él se encontraba la única amiga que conocía.

En un principio la soledad solía visitarlo los sábados, hasta que llegó un momento en que no fue fácil reconocer su presencia. Era difícil encontrar el equilibrio, embriagado en la calma y melancolía que le brindaba, la aceptaba sin cuestionarla. De sus ojos se desprendían a cuentagotas aliviando su dolor. Mientras tanto, en el fervor de su mirada se veía el displacer de contemplar su pasado. Cada gota caía saciando su ego y reflejando el resultado de las heridas que la mujer de ojos negro provocó.

Lágrimas rebasan la copa de alcohol que permitía ahogar su dolor. Dicen que un alma sabe cuándo marchar. En la bañera de su casa se encontraba Bermúdez, tras el esbozo de una sonrisa que dejaba atrás el miedo. Sabía que era momento de descansar. El vino blanco ahora era tinto, el agua de la bañera teñida por su corazón, que ahora libre de sus pensamientos no sentía la presión de latir al compás de su escasa vitalidad. En un tercer piso, el cuerpo de un anciano flotaba sobre una bañera.

En un segundo piso se encontraban celebrando su primer aniversario de casados, cuando sobre la copa de vino del señor Arismendi, distinguido coleccionista de obras de arte y pintor, cae una gota de agua, situación que no parecía tener mayor relevancia hasta que logró darse cuenta de lo que acontecido algunos metros arriba de su casa.

Cuando Arismendi arribó al apartamento de su vecino frecuentemente alcoholizado, pensaba que se encontraría con alguna de las situaciones que ya le eran familiares. Ver a un señor maloliente tomando en su balcón. Sorpresa fue la que tuvo al tener que ser quien informara a la policía sobre lo ocurrido.

Mientras maldecía al anciano por arruinar su festejo marital y esperaba impaciente tras el teléfono que los oficiales llegaran, había decidido tomar como pago por dicho inconveniente bienes materiales de Bermúdez, quien, para su grata sorpresa, guardaba obras de arte. Entre ellas se encontraban algunos bosquejos que Gloria, la madre de la difunta mujer del anciano, había encontrado años atrás en un velorio. El coleccionista tomó los bocetos, firmados por Collazo I., y se dispuso a venderlos en su galería de arte una vez que pudiese librarse de la tediosa situación en la que se encontraba.

Acostumbrado a ser la sombra de otros, Arismendi haría lo que fuera por tener un nombre en el mundo artístico. La desesperación de ver el reloj, el tictac que en sus oídos le recordaba cómo el tiempo corría, mientras él se quedaba atrás sin tener el reconocimiento que tanto buscaba. El miedo de volver a ver la decepción en los ojos de su amada lo hacía estar cada vez más seguro de la decisión que debía tomar. Cada semana viajaba desde el interior del país a la capital, Montevideo, en busca del momento en que una casa de arte quisiera comprar sus obras. La ansiedad y el miedo se traducían en extensas discusiones con una mujer que recriminaba los pocos ingresos económicos que su arte aportaba al hogar.

¿Cómo algo a lo que se había dedicado toda su vida ahora parecía ser su mayor obstáculo? La felicidad se tornaba esporádica mientras los pinceles acariciaban sus lienzos, recordando que eran las únicas caricias que veía en mucho tiempo. La infelicidad aparecía cuando una y otra vez era rechazado por quienes supuestamente tenían el criterio de decidir lo que era bueno o malo.

Un martes 13 de agosto de 2011 logró firmar el contrato por el que tanto había esperado, aquellos bocetos que años atrás fueron encontrados ahora por él estaban firmados.

Tras unas cuantas canas que denotaban ante los ojos de su público madurez y respeto, se encontraba quien alberga inseguridad y temor. El éxito que ahora tenía le había costado el honor que había prometido tener cuando al camino de querer pintar pretendía entrar. No comprendía cómo su popularidad era proporcional a su soledad; su riqueza aumentaba, y su desdicha también. Pasaron los años y el triunfo de Arismendi cesó. Corría el año 2019 y, en busca de nuevas oportunidades, se encontraba en un nuevo país.

Buenos Aires recibía a quien ahora era docente de Artes Visuales en un colegio de la acelerada capital. En el patio de la institución, bajo arbustos y enredaderas, se vislumbraba una placa desmejorada en honor a uno de sus exestudiantes. Se trataba de Iván C.

Los días pasaban y el pintor, por algún motivo, no podía dejar de pensar en aquel nombre que ahora también estaba grabado en su mente. Fue entonces cuando descubrió que no solo los conectaba la pasión por el arte; sabía que debía recuperar los bocetos de los que supo sacar provecho. Esas obras ya no le pertenecían, recuperarlas recordaba su robo y perder lo poco que había construido en un nuevo lugar.

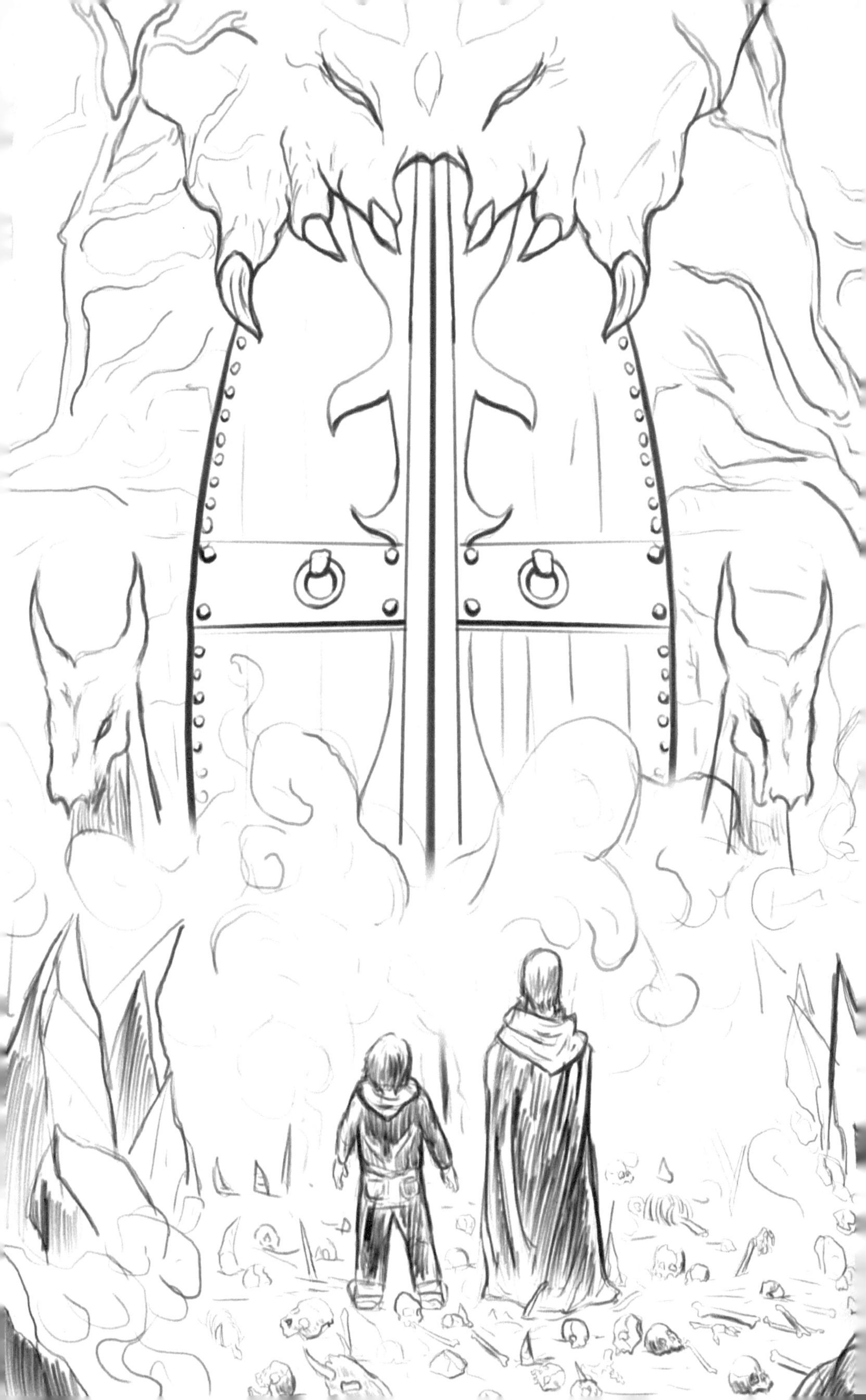

En la mañana de un martes 13 de agosto de 2019, un disparo hacía eco en cada rincón del establecimiento. Su cabeza rodaba por las escaleras del colegio. A cincuenta años de su muerte, sobre el suelo de aquella escuela se podían observar, bosquejos que el nombre de Iván Collazo lograban llevar.

Mientras tanto, al averno las almas no paraban de llegar, una tras otra, sin cuestionar. Sus últimos invitados no tardarían en entrar. Dos almas más era lo que necesitaba llevarse Iván para cumplir su ultimátum y no ser condenado al sufrimiento eterno. No era el único que entregaría a quien fuera a cambio de no ser torturado por la eternidad. El tiempo corría y un nuevo 13 de agosto se aproximaba, fecha en la que a alguien en las puertas del infierno debía presentar.

Llegaba la fecha y frente al averno se encontraba Iván, sin un alma que a él se conectara para entregar. Las consecuencias del ultimátum ahora debía enfrentar. Mirando los ojos de Dante, con su cuerpo que comienza a arder, su mente piensa si en alguna hermosa criatura volverá a nacer. Mientras sus tripas se retuercen de dolor, piensa si en algún momento aquel demonio de él se logrará compadecer, dejando que a su condición humana pueda volver. En la puerta principal su alma debe ceder, sin escrúpulos escupe la verdad. Mientras tanto, Leviatán, quien a cambio dice que una vida debe entregar, se esconde bajo una falsa piedad, prometiendo a los humanos: «¡traed almas y se podrán salvar!»

Lo que parecía ser el final de una historia era solo el comienzo de lo que a quien lee se conecta. ¿Estaban todas las almas conectadas a Iván destinadas a conocer las puertas del averno? Eso estaría por descubrir Lucy en aquel verano de 2023, quien le había dicho a su madre que se quedaría el verano tomando clases particulares una vez a la semana en el colegio. Por aquellas mismas escaleras por las cuales habían rodado algunas cabezas, que formaban parte de lo que para todos era una historia trágica más. Lucy sentía, por el contrario, que existía una posible conexión en ese sin fin de sucesos, inclusive con ella, si no, ¿por qué sentiría una intriga en la cual sus entrañas parecían estrujar todo su interior?

Lamentablemente, las reflexiones y dudas se disiparon cuando consigo el efecto de las drogas que cada mañana ingería se disolvía en su cuerpo, y como si en una nube de algodón estuviera, no podía dejar de encontrarse con aquel señor que pensaba conocer, pero cuyo nombre solo veía en un mármol de la institución. Se hacían las 12:00, y mientras volvía a casa, continuó con su rutina, que consistía en pasar por la santería de doña Hilda, quien no solo era su maestra espiritual, como así se hacía llamar, sino también su abuela. ¿Quién más que ella podría ayudarla a resolver todas aquellas preguntas que la inquietaban sin razón aparente?

Aquella noche, Lucy se encontraba frente a un espejo rodeada de las velas y amuletos que su abuela había sugerido para proteger su cuarto, pero claro estaba que no le diría que lo que en realidad buscaba era contactar al señor cuyo nombre veía cada mañana al entrar a su colegio.

El alma de Iván se encontraba dispersa, quebrada, así como quebró aquel espejo en algún momento. Cada vez que Lucy intentaba contactarlo, su espejo se agrietaba. Ella no lo sabía, pero debía parar, o la conexión que tanto pensaba tener con Iván se terminaría de concretar, de continuar... Su alma necesitaría salvar. La primera vez, sintió calor; la segunda, se astilló el espejo; la tercera, solo observó con detenimiento ese espejo partido a la mitad.

Lucy, embebida por aquel poder que sentía al contactar más allá del plano terrenal, comenzó el ritual que creía saber de memoria, sin tomar conciencia en que mezclar sus adicciones con brujería no era la mejor de las ideas. Ella creía que aquel adormecimiento que las sustancias le provocaban eran un facilitador para que sus pulsaciones y nervios no interfirieran en su transición al plano espiritual.

Tal vez tenía razón, lo cierto es que la intención se intensificó esa noche al marcar las 00:00, dando paso al día 13 de agosto de 2023. En un abrir y cerrar de ojos, frente a ella se encontraba quien parecía ser Iván, o al menos eso le hacía creer aquel cambiaformas que se hacía llamar Vassago, quien le hizo saber que mientras más tiempo estuviese allí, su alma en más partes se iba a romper.

Eran demasiadas las preguntas que la adolescente tenía. Ya se encontraba allí, sin dimensionar el peligro que corría, pero sentía que no podía permitirse perder esa oportunidad que tanto había buscado; al fin, por una vez en su vida, se sentía protagonista. El demonio, capaz de visionar pasado y futuro, en sus ojos demostraba el placer al contemplar a través de la adolescente las vivencias venideras que se le aproximaban.

Su abuela logró entrar a su habitación, encontrándose con el cuerpo de Lucy, pero no así con su alma. Atrapada en un limbo que desconocía, luchando por no quedar atrapada entre el más allá y la Tierra, así se encontraba Lucy. Hilda, en una encrucijada, bien sabía que cualquier mundano ante esa situación llamaría a la policía, pues allí se encontraba un cuerpo aparentemente sin vida. Solo aquellos en cuyo ser habita algo de misticismo podría comprender que no era tarde para perder las esperanzas de recuperar un alma en trance.

Buscando al representante del Mal, mientras atravesaba un puente, Lucy oía la sinfonía de las almas torturadas y atrapadas en su propio infierno. Mientras más se acercaba, más podía escuchar el andar de las personas que aceleradas por la rueda social no paraban de rodar. En ese instante se dio cuenta de que estaba buscando las respuestas en el lugar equivocado. No hacía falta navegar en un mundo desconocido cuando ni siquiera se conocía ella misma. Cada grito de dolor en su entorno le remitía al ruido del mundo terrenal. Reconoció la voz de quien parecía ser su madre. A su alrededor, muertes que dejan cuerpos inertes, que ahora son almas sin mente, entes que deambulan por el bajo astral para la eternidad.

Aturdida por la situación, Lucy corrió hacia el resplandor proveniente de lo que creía eran ángeles. La confusión se hizo mayor cuando a su lado observaba los demonios que con sus garras estrechaban las manos de ángeles, como si de negocios tratasen. Fue a través de un canto celestial que Lucy se enteró que la voz que escuchaba en efecto era la de su madre, la misma que se encontraba en lo que ellos creían ser la Tierra, el verdadero infierno.

Su madre, una pastora respetada de la ciudad, al igual que muchos otros, era una representante del mal, que disfrazaba su piel de bondad. Todo cuerpo en el plano terrenal impulsado por el egoísmo, que lo hace priorizar sus deseos por encima de los otros, había sido escogido por un demonio para sembrar la semilla del caos, cumpliendo con la profecía del ángel caído. ¿Por qué escoger a un anticristo si podían ser millones? Incluso aquellos que creen ser la otra cara de la moneda, los que veneran a lo celestial, sin conocer su ultimátum, juzgan y critican. Creen ser seres angelicales y juzgan al que una vez fue ángel porque en algún momento fue desterrado. Toda alma asignada con una misión.

¿Cuál es tu ultimátum? ¿Cuál sería el suyo?, era lo que a Lucy inquietaba. ¿Acaso no existían aquellos que se salvarían de las brasas de sus propios miedos quemando su interior? Ellos eran los conocidos como «no contaminados» por aquel entorno que no paraba de comparar, odiar, matar, envidiar. Eran aquellos capaces de no negar ninguna creencia, cuestionando las suyas y aceptando su existencia terrenal como una más de su trayecto álmico. Viviendo esta como su última experiencia humana, lograban trascender lo terrenal, fundiéndose en la infinitud, sin miedo a lo desconocido.

Domingo 13 de agosto. 21:25. En el corazón de Lucy se encontraba un puñal y las manos de su abuela, quien creía que de esa forma su alma no se seguiría resquebrajando; su nieta así volvería a reencarnar.

Mientras sus familiares cremaban su cuerpo, en la antípoda de Argentina, en una clínica clandestina se escuchaban gritos de dolor de una madre latina, joven pero experimentada, con vivencias que alguien a sus 19 no quisiera sufrir. Embelesada por las promesas de vivir una vida mejor, se embarcaba hacia otro continente sin saber que sus sueños se verían nublados por la lujuria de aquellos que demostraban su poder, haciéndola sentir de su pertenencia, en el sentido más literal.

La primera noche, Julia se vio rodeada de otras chicas en cuyos ojos el resplandor de la inocencia e ingenuidad se apagaba cada vez más, llenándose de miedo y rabia hacia los hombres que la rodeaban. Sin papeles, sin dinero, con el único motivo de esperanza en su vientre, se encontraría 9 meses después en un calabozo, juntando fuerzas para intentar escapar.

Un martes 13 de agosto, en 2041, celebraba su cumpleaños número 18 el hijo de una de las familias más adineradas del país. Mientras un país carecía de recursos, su familia, que hacía negocios con China, disfrutaba de los placeres más excéntricos que alguien pudiese imaginar. En un alberca, rodeado de sus amigos, contemplando el paisaje que Buenos Aires le brindaba, David comenzaba a cuestionar su origen. Saber que había sido adoptado no era suficiente para llenar el vacío que sentía desde pequeño y que trataba de ocultar con el dinero de sus tutores. Lo único que conservaba era una pequeña foto polaroid de su madre, Julia, a sus 17 años, y atrás de ella un mensaje que le enviaba a sus padres, mensaje que nunca llegó.

Ahora se encontraba en manos de su hijo, quien la había encontrado en el sótano de sus padres adoptivos en una de sus tantas mudanzas. Preguntarles a sus padres quién era su madre le daba miedo, tal vez temía a que pensasen que era un ingrato por no sentirse lleno o conforme por el amor y solvencia que ellos le daban. Lo cierto es que esas inseguridades anidaron en su mente, y cuando por fin tuvo valor de preguntar la indiferencia fue tal que ese día se encontró frente a la soledad con la cual siempre estuvo y nunca supo ver.

TU ULTIMÁTUM

En la rueda social se encuentra girando sin respuestas un chico que a su madre muerta busca sin parar. Lo que no sabe es que en su interior es que debe indagar.

En la fecha y lugar que esa polaroid tenía David se aferraba, era el único dato que a su madre lo iba a llevar. Horas recorriendo un cementerio donde nombres desconocidos solo lograba observar. Un dato revelador le devuelve la esperanza que ya se empezaba a disipar. A lo lejos, una fecha. El día en que muere su madre logra vislumbrar. Es de una tal Lucy que en su lápida la misma fecha está.

Una mayoría de edad poco común, directo al punto de partida, David se dirigió al sótano en busca de pistas que lo llevaran al paradero de su madre, mas lo único que encontró fueron pinturas viejas bajo el nombre «Iván C.» y libros de referentes históricos que desconocía. Sin encontrar lo que creía que debía hallar, se encontraba en su mano derecha un libro lleno de polvo, y en la otra un revólver antiguo. Su sangre recorriendo la tapa, dejando ver el título del escrito que albergaba todas las respuestas que deseaba encontrar: «Tu ultimátum».

Lecturas recomendadas

Terror entre páginas (Stephanie Sarmiento Carbajal)

Los omisos del encierro (Daniel Lanza)

Laura. El horror de una mente fragmentada
(Edinson Prieto Acosta)

www.ingramcontent.com/pod-product-compliance
Lightning Source LLC
LaVergne TN
LVHW091244150826
845673LV00003B/1286

* 9 7 8 6 1 2 5 1 4 2 3 1 3 *